Kekse statt Böller

Kekse statt Böller

Der Weihnachtsgipfel
Der Weihnachtsgipfel 2.0

Silke Förster

Bibliografische Information der Deutschen Nationalbibliothek:
Die Deutsche Nationalbibliothek verzeichnet diese Publikation in der
Deutschen Nationalbibliografie; detaillierte bibliografische Daten sind
im Internet über http://dnb.d-nb.de abrufbar.

Herstellung und Verlag: BoD – Books on Demand, Norderstedt

ISBN: 978-3-756- 81997-3

Der Weihnachtsgipfel

Der Weihnachtsgipfel 2.0

Der Rentier-Protest

Früher war mehr Lametta. Und da waren Rentiere auch in keiner Gewerkschaft, sondern machten einfach das, was der Weihnachtsmann ihnen sagte:

§1: Das haben wir schon immer so gemacht!

Heutzutage ist jeder mit jedem auf der Welt vernetzt, liest jeden Tag, was andere dürfen und wogegen sie Protest einlegen können. Welche Anzeige Aussicht auf Erfolg hat und welche nicht. Auf dem Weihnachtsmannblog wird pausenlos gepostet und die Rentiergewerkschaft ruft permanent nach höheren Löhnen. Wie soll da ein konservatives Weihnachtsmann-Unternehmen noch wirtschaftlich arbeiten?

Die Planung, das Besorgen der Geschenke und das pünktliche Verteilen: unmöglich, wenn die Mitarbeiter nicht mitziehen, krank werden oder gar auf die Straße laufen und protestieren.
Hat jemand schon mal Rentiere auf der Straße protestieren sehen? Wie sie sich an Bahnschienen ketten, um anschließend weggetragen zu werden?

Schlimmer als jede Grünenbewegung gegen AKWs!

Was soll der echte Weihnachtsmann in so einer Situation bloß tun?

Die Idee

Der Weihnachtsmann schlug die Zeitung auf: Der Gipfel in Hamburg mit seinen ganzen Demonstrationen, Ausschreitungen und der nicht erklärbaren Zerstörungswut einiger Menschen sorgte für viel Wirbel in den Medien.

Die Mächtigsten dieser Erde trafen sich, um über Krieg und Frieden zu sprechen. Sie waren nicht alle einer Meinung, aber sie erörterten ihre Probleme und hörten jede Meinung an.

Vielleicht war es ja mal an der Zeit, dass sich alle Weihnachtsmänner dieser Welt an einen Tisch setzten und über den Frieden auf der Welt sprachen?

Sich austauschten, was der Sinn des »Festes der Liebe« wirklich war und wie man die Menschen dazu animierte, innezuhalten.

Wie man Rentieren klarmachte, dass sie nicht immer mehr Geld fordern durften, sondern sich auch mit dem zufriedengaben, was sie hatten: eine gesicherte Anstellung, genug zu essen, einen warmen Stall mit Gleichgesinnten. Die Anerkennung und Liebe der Kinder, weil sie zu Weihnachten eine so wichtige Aufgabe hundertprozentig ausführten. Oder sollte man ihnen einfach mal mit Leiharbeitsfirmen drohen?

Die arbeiteten sicherlich deutlich günstiger als die eigenen Rentiere.

Vielleicht konnten sie gemeinsam den Kindern ans Herz legen, nicht endlos lange Zettel mit kommerziellen Wünschen zu verfassen, sondern einen einzigen Herzenswunsch zu äußern.

Alleine für das Lesen und Auswerten der vielen Wünsche brauchte die Weihnachtsdepot-buchhaltung schon viele Wochen.

Oft stürzte der Computer ab, da die Festplatte bei so vielen Eingaben überfüllt war.

Vielleicht waren die vielen Volkshochschulen auch bereit, einen Kurs »Wunschzettel kurz und knackig schreiben« in ihr Programmheft aufzunehmen?

Konnten die Weihnachtsmänner eventuell gemeinsam den Eltern, Großeltern und Paten ans Herz legen, dass sie vom Weihnachtsmanndepot keine lieblosen Geldscheine in ein Kuvert legen ließen, sondern »Zeit« und »Aufmerksamkeit« schenkten? Das kostbarste Geschenk, welches ein Mensch geben kann.

Würden alle Weihnachtsmänner dieser Erde an so einem Gipfel teilnehmen?

Sinterklaas aus den Niederlanden, der traditionsgemäß mit einem Schiff aus Spanien anreiste?

Father Christmas aus England und Père Noël aus Frankreich hatten keine so weite Anreise, aber auch sie legten sicherlich, genau wie Santa Claus, Wert auf eine angemessene Unterkunft und jede Menge Sicherheitsvorkehrungen. War das überhaupt machbar?

Würde es Proteste in der Bevölkerung von sogenannten selbsterklärten »Weihnachtshassern« geben?

Der Weihnachtsmann legte nachdenklich seinen Zeigefinger auf die Oberlippe und öffnete die Suchmaschine in seinem Browser.

Santa Claus

Die erste Einladung würde Santa Claus aus den Vereinigten Staaten erhalten. Er ist der mächtigste Weihnachtsmann überhaupt. Mit seinem weißen Bart ist er der Älteste und niemand verfügt wie er über zwölf Rentiere. Seine berühmtesten heißen Dasher, Dancer, Prancer, Vixen, Donder, Blitzen, Cupid und Comet. Viel später kam dann noch Rudolph dazu. Die Kinder legen immer Zuckerstückchen für sie aus, damit sie sich stärken können, wenn sie vorbeikommen.

Santa Claus fliegt mit seinem Schlitten hoch hinauf bis zum Schornstein, denn traditionsgemäß wirft er so die vielen Geschenke in die Wohnzimmer. Manchmal rutscht er auch persönlich durch das Rohr bis in die warme Stube und packt die Geschenke in bunte Socken, die am Kaminsims aufgehängt sind.

Oft stehen Milch und Kekse bereit, denn auf einer so langen Reise muss ein Weihnachtsmann gut gestärkt sein.

Die Vorgärten sind meist bunt geschmückt wie auf einem Jahrmarkt. Jeder versucht, mehr Lämpchen an seinem Haus zum Leuchten zu bringen als der Nachbar. Künstliche Rentiere werden aufgestellt und die Kaufhäuser beschallen den ganzen Tag mit Christmas-Songs, egal ob traditionell oder die vierundzwanzigste Pop-Rock-Imitation. X-mas nennen die Amerikaner ihr Fest gern. Das »X« steht dabei für den ersten griechischen Buchstaben des Wortes Christus. Es wird hier am 25. Dezember gefeiert. Und während die Familien laut singend ihren Truthahn verschlingen, fährt irgendwo in diesem Land auch ein berühmter Weihnachtstruck über die Straßen und spendiert schwarze Limonade.

Sollten die anderen Weihnachtsmänner sich hier vielleicht abschauen, wie man noch mehr Kommerz am besten vermarkten konnte? Würde der alte Santa eine Rede über Weihnachtsstatistiken in den einzelnen Bundesstaaten halten wollen? Würde er den Anspruch erheben, auch die komplette restliche Welt zu beliefern? Oder würden die anderen ihm raten, einmal den leisen, besinnlichen Weg auszuprobieren?

Father Christmas

Die zweite Einladung würde an Father Christmas aus England gehen.

Er schleicht sich erst in der Nacht vom 24. auf den 25. Dezember in die Wohnzimmer und versteckt ebenfalls die Geschenke in den Socken. Die Familie hat traditionsgemäß kurz vorher einen fröhlichen Heiligabend mit Plumpudding und Truthahn gefeiert. Für sie ist »Christmas Eve« der Geburtstag von Jesus und somit Grund genug, mit Luftschlangen und kleinen Tröten ausgelassen zu feiern.

Father Christmas ist zu Fuß unterwegs und könnte sicherlich viel Hilfe beim Schleppen der Geschenke brauchen. Auch wenn sein Land nicht mehr der EU angehört: Eventuell könnte ein Staat ihm trotzdem günstige Konditionen für die Lieferung eines »Christmasmobils« einräumen?

Als Gegenzug würde er vielleicht das Plumpuddingrezept mit vielen Nüssen und Rosinen zur Verfügung stellen?

Père Noël

Die dritte Einladung würde Père Noël aus Frankreich erhalten.

Auch der »Weihnachtsvater« hat kein Gefährt oder einen Schlitten mit Rentieren. Er trägt alle Geschenke in einem großen Korb und muss gleich zwei Mal ausliefern.

Die Franzosen sind bekanntlich kleine Gourmets und tischen an Heiligabend somit etwas exklusiver auf als ihre englischen Nachbarn. Ihre Austern von den großen Farmen am Atlantik, die dunklen Weine aus Bordeaux und viele kleine Amuse Gueules warten auf die Familie.

Während alle um Mitternacht zur Messe gehen, bringt er die ersten kleinen Geschenke.

Aber das ist längst nicht alles: Auf dem Heimweg kehrt er am 25. noch einmal in jedes Haus zurück, um die eigentlichen Geschenke zu verteilen. Und so haben alle Kinder in Frankreich gleich zweimal Bescherung.

Sollte man für Père Noël ein Kosten-Nutzen-Konzept aufstellen? Ein Programm, welches die schnellste und kürzeste Verbindung zwischen allen Häusern berechnet? Oder lieber bei einem Volksentscheid darüber abstimmen lassen, ob zwei Mal Geschenke bringen, überhaupt effektiv ist?

Stände nicht auch ihm, als kleines Dankeschön, ein Teil des opulenten Mahls zu?

Der Weihnachtsmann sah schon, die Agenda würde lang werden.

Jultomten

Die vierte Einladung würde an Jultomten aus Schweden adressiert werden.

Ihm steht eine Frau zur Seite: Die Heilige Lucia, die einen Kranz mit Kerzen auf dem Kopf trägt. Sie wird schon am 13. Dezember gefeiert, um in der langen, dunklen Adventszeit in Skandinavien ein bisschen Licht in die Häuser zu bringen.

Vielleicht sollte man überlegen, auch ein Partnerprogramm bei einem so wichtigen Treffen zu organisieren. Viele der Weihnachtsmänner würden sicherlich nicht alleine anreisen.

Am 24. Dezember kommt dann Jultomten, um seine Geschenke unter die mit Strohsternen geschmückten Weihnachtsbäume zu legen.

Die Schweden essen an Weihnachten oft Schweinskopfsülze. Das würde sicherlich für die anderen Teilnehmer des Weihnachtsgipfels einen Stein des Anstoßes bilden. Ganz sicher würde Père Noël das als einheitliches standesgemäßes Weihnachtsessen ablehnen.

Gab es Veganer oder Vegetarier unter den Weihnachtsmännern? Musste man auf Allergiker Rücksicht nehmen?

Und weil die Schweden so gerne und lange Weihnachten feiern, beenden sie diese schöne Zeit am 13. Januar mit Julbier. Das konnte man ganz sicher in das Menü aufnehmen. Von Bierverweigerern hatte der Weihnachtsmann unter seinesgleichen noch nie gehört.

Mikołaj

Die fünfte Einladung würde Mikołaj aus Polen erhalten.

In diesem Land wird das Weihnachtsfest sehr traditionsreich gefeiert:

Schon am Morgen des Heiligen Abends bereitet man das Menü vor, welches aus zwölf Gängen besteht, in Anlehnung an die zwölf Apostel.

Am Tisch wird immer ein Gedeck mehr auf-gelegt, falls unerwarteter Besuch kommt, und oft liegt auch ein kleines Bündel Heu unter dem Teller – für die Tiere in der Krippe.

Gegessen wird aber erst, wenn der erste Stern am Himmel zu sehen ist. Dabei teilen sich alle eine bunte Oblate.

Auf Fleisch wird an diesem Abend verzichtet: Gegessen werden nur Fisch und Gemüse.

Man glaubt in diesem Land, dass der Ablauf des Heiligen Abends maßgebend für das nächste Jahr ist, und so feiert die ganze Familie zusammen.

Vielleicht konnte man den Verlauf des Gipfels auch als Omen für das folgende Jahr verkaufen?

Der Weihnachtsmann merkte schon, auch wenn dieses Konzept sicherlich nachahmungs-würdig erschien, ganz sicherlich würden die nicht-christlichen Länder sofort Einspruch erheben.

Der Weihnachtsmann klappte den Deckel von seinem Laptop zu. Da waren noch so unendlich viele Weihnachtsoberhäupter.

Es würde sehr viel Arbeit bedeuten, sie alle ausfindig zu machen und anzuschreiben.

Miss Eurocent

war seit vielen Jahren die persönliche Assistentin des Weihnachtsmanns.

Sie staunte nicht schlecht, als er ihr die Einladungsliste mit mehreren hundert Personen und die mehrseitige Agenda vorlegte.

Gewichtig hob sie ihre Brille in Richtung Stirn, um zu signalisieren, dass sie ihren Augen nicht traute.

Ihre Aufgabe war es nun, die vielen Weihnachtsmänner ausfindig zu machen, anzuschreiben, die Unterkünfte zu buchen, ein Partnerprogramm zu organisieren und die vielen Sitzungen vorzubereiten.

Auch die Sitzordnung würde ganz sicher eine große Herausforderung darstellen.

Seufzend ließ sie den Stapel Papier sinken und schüttelte den Kopf. »Das ist vor Weihnachten in diesem Büro nicht mehr zu leisten!«

Sie brauchte einen Stab, der sie unterstützte. Büroassistentinnen, die schnell schreiben und schnell im Internet surfen konnten. Eventmanager, die die Stadt gut kannten, um angemessene Unterkünfte und Locations zu organisieren. Rechtsanwälte, die die Absprachen auf Richtigkeit prüften und zu Gesetzen verfassten.

Private Security-Unternehmen, die die staatlich bediensteten Polizisten unterstützten. Alleine konnten diese sicherlich nicht für die Sicherheit garantieren.

Der Weihnachtsmann nickte großzügig und setzte seine Unterschrift unter alle ihre Forderungen.

Der Stab

Miss Eurocent hatte gute Arbeit geleistet: Das ganze Team hatte rund um die Uhr gearbeitet.

Den hübsch gestalteten Einladungskarten konnte kein Weihnachtsmann der Welt widerstehen und alle hatten zugesagt, in der ersten Adventswoche an dem Gipfel in der deutschen Großstadt teilzunehmen.

Der Bürgermeister dieser Stadt war sehr geehrt, diesen bedeutenden Gipfel ausrichten zu dürfen und hatte der Sicherheit der berühmten Männer und Frauen absolute Priorität eingeräumt.

Man konnte sie aus Sicherheitsgründen nicht alle in einem Hotel unterbringen. Die großen und die kleinen Hotels hatten alle Zimmer für die Weihnachtsmänner und ihr vermutlich großes Gefolge geblockt.

Erst heute kam vom Amt für Marketing der Vorschlag, die Weihnachtsmänner alle zusammen in einer großen Parade durch die Stadt fahren zu lassen. »Weihnachtsmänner zum Anfassen« wäre doch sehr volksnah und würde sicherlich der Stadt viel Bekanntheit bringen. Schließlich hätten sie durch die vielen Sicherheitsmaßnahmen auch viele Ausgaben.

Vielleicht würde der eine oder die andere auch auf einem der vielen Weihnachtsmärkte auftreten oder in einem Schlitten über den Rathausplatz fliegen? Wäre das nicht der passende Auftritt für Santa Claus? Er liebte es doch, im Mittelpunkt zu stehen.

Die Weihnachtsparade

Die Presse war vollzählig versammelt und wartete seit Stunden am Rathausplatz auf die Ankunft der Weihnachtsmänner. Die Rollbahn für die Rentierschlitten und die anderen Mobile war mit einem roten Teppich ausgelegt. Aber die berühmten Männer ließen auf sich warten, niemand wollte der Erste sein.

Aber dann kündigte ein großer Trommelwirbel den Anfang der bedeutendsten Weihnachtsparade der Welt an. Mädchen in weißen Engelskostümen liefen auf den Platz und signalisierten mit winkenden Armen, dass es so weit war.

Ein folgendes Polizeiauto erzwang die Spaltung der Menge: Die Besucher hatten links und rechts hinter den Absperrbändern Aufstellung zu nehmen.

Und dann kam wie erwartet das größte Rentiergespann der Welt eindrucksvoll über das Rathaus geschwebt und bremste elegant auf dem roten Teppich ab. Man hatte fast den Eindruck, dass Dancer einen eleganten Knicks vor dem klatschenden Publikum hinlegte.

Santa Claus erhob sich und winkte den vielen Menschen freundlich zu. Möglicherweise würde er noch heute dort stehen, wenn nicht Sinterklaas schon hinter ihm drängelte, um stolz sein Schiff zu präsentieren.

Jetzt ging alles sehr schnell: Minütlich landete ein weiterer Weihnachtsmann mit seinem Gefolge und wurde von der Menge freundlich beklatscht. Kaum ein Kind hatte bis zu diesem Tag einen Weihnachtsmann live gesehen.

Die Weihnachtsparade setzte sich in Richtung Kongresshalle in Bewegung.

Père Noël hatte viele französische Leckereien mitgebracht und warf sie großzügig in die Menge. Santa Claus hob ab und an drohend die Peitsche, ohne seinen Tieren etwas anzutun.

Santa Lucia hatte die Hand leicht erhoben und winkte majestätisch in die Menge. Das Publikum jubelte und winkte allen begeistert zurück.

Die Polizei und die Security hatten viel zu tun: Heute Morgen hatten sie schon die ersten Sitzblockaden auf dem Rathausplatz entfernt. Menschen mit Weihnachtshasserplakaten wurden vom Platz getragen oder in die hintersten Reihen verwiesen. Aufgeregte Kinder mussten immer wieder hinter die Absperrbänder verwiesen werden. Aus Sicherheitsgründen durften diese wichtigen Leute nicht angefasst werden. Die Ordner liefen neben den Weihnachtsmobilen her und achteten sehr genau darauf, dass niemand den Männern und Frauen zu nahekam.

Die Aussicht, dass einem dieser Weihnachtsmänner hier etwas passieren würde, war unvorstellbar und würde ganz sicher zu einem Weih-
nachtskrieg führen.

Schon so mancher Staatsoberhauptmord
hatte in der Geschichte einen Krieg ausgelöst.
Das durfte auf gar keinen Fall passieren!

Aber alle waren sich einig, dass das die größte
und schönste Weihnachtsparade war, die die
Welt je gesehen hatte.

Der Gipfel

Der Weihnachtsmannkongresssaal war voll, alle Plätze waren besetzt. Mehrere speziell ausgebildete Rentierwirte hatten die Gefährte vor der Halle in Empfang genommen und in die extra für den Gipfel aufgebauten Ställe und Garagen gebracht. Das war gar nicht so einfach, denn einige der Tiere waren ganz schön zickig und ließen sich von ausländischen Chauffeuren gar nichts vorschreiben. Auch waren das fremde Heu und Wasser in diesem Land für viele sehr gewöhnungsbedürftig. Warum hatte man nicht gleich für sie einen Gewerkschaftsgipfel angeschlossen? Sie waren schließlich Hauptbeteiligte dieses Festes. Lange wurde diskutiert, ob auch sie in der überfüllten Kongresshalle noch Platz fänden. Aber zum Schluss gaben sie alle Ruhe. Der Gipfel war wichtiger als ihre persönlichen Belange.

Die vielen Begleitungen der unzähligen Weihnachtsmänner, waren in Empfang genommen und gleich mit dem Bus zum weltbesten Weihnachtsladen der Stadt gefahren worden. Ihre Kreditkarten würde ihnen sicher einige Hundert prallgefüllte Einkaufstüten in dieser Shopping-hochburg bescheren.

Um nur einige von ihnen zu nennen: Der Zwarte Piet aus den Niederlanden, die Heilige Lucia, Schneeflöckchen aus Russland, Knecht Ruprecht und viele andere.

Die Sitzordnung hatte Miss Eurocent viele Nächte Zeit gekostet, aber sie hatte einen guten Kompromiss gefunden und auch die Headsets waren bereits verteilt.

Die Agenda

war sehr lang und es wurde ausgiebig diskutiert. Nicht alle Nationalitäten hatten die gleichen Vorstellungen, wie man mit einem so wichtigen Thema umgehen sollte:

- Hatte es Sinn, einen einheitlichen Status für die ganze Welt festzulegen oder sollte jedes Land seine alten Traditionen weiter pflegen?

- Waren überhaupt Kapazitäten frei, wenn jemals der unwahrscheinliche Fall einträte, dass ein Weihnachtsmann ausfiele? Die Vergangenheit hatte ja gezeigt, dass es auch Entführungen von Weihnachtsmännern gab. * S.70

- Sollte man einen Verbund gründen und die Weihnachtsbäckereien und Verpackungsstationen zentral in einem Land vereinigen? Der Nordpol hatte sich als zentraler Ort für dieses Unterfangen angeboten. Sofort kam Protest aus Grönland und Darlana in Schweden. Darüber musste geheim abgestimmt werden!

- War es wirtschaftlicher, alle Wünsche der Welt online zu erfassen und somit viel Geld für die vielen Wunschzettel-Leserinnen zu sparen?

- Sollte man im Sommer ein Meeting mit den Eltern veranstalten und sie beraten, was Kinder wirklich brauchen?

- War es sinnvoll, Statistiken zu erheben, welche Geschenke in welchen Ländern am häufigsten auf den Wunschzetteln verzeichnet waren?

- Wann sollte die Deadline für die Wunschzettel sein? Der Trend ging immer mehr zu spontan und kurzfristig, aber wie war das zu bewerkstelligen?

- Der Abgeordnete aus Spanien stellte den Antrag, dass die typisch spanische Lotterie auf der ganzen Welt ausgebreitet werden sollte und erntete für diesen Beitrag nur Buhrufe.

- Santa Claus erhob Anspruch darauf, dass alle Länder am 25. Dezember Weihnachten zu feiern hätten und auch die Geschenke an diesem Tag ausgetragen werden sollten. Das wäre schließlich der einzig wahre Tag!

- Wie sollte sich Australien den ganzen Gebräuchen anpassen, wenn hier im Dezember sommerliche Temperaturen herrschten und die Menschen ausgelassen am Strand feiern wollten?

- Ab wann durften weihnachtliche Maßnahmen eingesetzt werden? Die Deutschen setzten Totensonntag als Termin, aber schmückten die Kaufhäuser schon ab Oktober mit Kugeln und Keksen. Das sei nicht konsequent!

- Mexiko schlug vor, offiziell den 16. Dezember als ersten Tag der feierlichen Zeit zu benennen. Bei ihnen heißen die neun Tage bis zum Heiligen Abend Posadas.
Auch könnte ihre Bowle »Ponche de Navidad« als internationales Weihnachtsgetränk deklariert werden. Glühwein, Glögg und Punsch dagegen sollten mit hohen Steuern belegt werden!
Auch in Südamerika war es sehr warm zu dieser Zeit und die Landesvertreter fanden heißen Glühwein unpassend.

- Sollte man nicht auch aus Tierschutzgründen aufhören, Rentiere einzusetzen und stattdessen mit Trampolins in Schornsteine springen? Das sei in Südamerika durchaus üblich.

Santa Claus wurde sehr böse bei dieser Forderung und schlug energisch auf den Tisch. Auf seine berühmten Rentiere werde er niemals verzichten!

- Gab es eigentlich eine DIN für Weihnachtskekse? Größe und Grammzahl pro Keks sollten in jedem Land auf jeden Fall gleich sein. Es sollte eine Liste angelegt werden, welche Gewürze überhaupt für dieses Gebäck verwendet werden dürfen, damit sie sich Weihnachtskeks nennen können.

- Wo blieben denn eigentlich die Abgeordneten der Weihnachtsinseln? Verwundert schauten alle in die Runde.

Miss Eurocent meldete sich zu Wort: »Trotz dieses bezeichnenden Namens gibt es auf diesen Inseln keinen Weihnachtsmann. Die Menschen sind nicht gläubig, feiern dieses Fest nicht und haben so auch keinen Abgesandten geschickt.«

Betroffen schauten sich die vielen Weihnachtsmänner an. Weihnachtsinseln ohne Weihnachtsmann? Gab es denn kein Gesetz, welches vorschrieb, dass jedes Land auch einen eigenen Weihnachtsmann stellen musste?

- Väterchen Frost aus Russland meldete sich zu Wort und gab zu bedenken, dass man in seinem Land vor Weihnachten eine 40-tägige Fastenzeit einlegte. Er und seine Abgesandten ständen in dieser Zeit nicht für kulinarische Weihnachtsaktivitäten zur Verfügung.

- Santakukoru erklärte, dass man in Japan garantiert für Weihnachten keinen Urlaubstag einführen würde. Es sei ein Arbeitstag wie jeder andere. Zwar war es auch das Fest der Liebe, aber damit war gemeint, dass Singles sich kennenlernen konnten oder man sich mit Freunden traf und auf Partys ging. Selten feierte man in der Familie.

Ein Raunen ging durch die Menge. Damit konnte sich die Mehrheit der Abgeordneten nicht anfreunden.

Abgelehnt!

Gerade in Ghana nutzte man diese Zeit, um entfernt wohnende Verwandte aufzusuchen.

- Babbo Natale, der italienische Weihnachtsmann, wollte wissen, wie man es mit den Christmetten halten sollte.

Konnte man denn alle Menschen zwingen, zu einer bestimmten Zeit eine bestimmte Kirche aufzusuchen? Der Vatikan würde ganz sicher Anspruch darauf erheben, dass er die vorherrschende Kirchenmacht sei. Wäre es besser, das Fest grundsätzlich atheistisch zu begehen und Kirchgänge ganz zu verbieten?

- Jultomten gab zu bedenken, dass man in Brasilien durch die vielen Feuerwerke viel zu viel Geld in die Luft verschleuderte. Wie vielen Kindern in der Dritten Welt könnte man davon Geschenke kaufen? »Kekse statt Böller!«, forderte er.

Die Stimmen wurden lauter und alle redeten durcheinander.

Der Weihnachtsmann lehnte sich zurück. So schwer hatte er sich den Gipfel nicht vorgestellt. War es vielleicht besser, Weihnachten ganz abzuschaffen, wenn es so viele Probleme gab?

»Mittagspause!« Der Einwand von Père Noël kam zur rechten Zeit. Der Franzose bat um Unterbrechung. Er brauchte eine Pause oder besser gesagt Essen für seinen kleinen Gourmetmagen. Dankbar nahmen die anderen Teilnehmer die Unterbrechung an.

Der Vertrag

Das opulente weihnachtliche Buffet hatte den Staatsmännern gefallen. Ihre eigenen Traditionen waren vorhanden und der eine oder andere Mutige hatte sich getraut, auch von den Köstlichkeiten der Nachbarländer zu probieren. Gut gesättigt, sich den dicken Bauch streichend, kamen sie am frühen Nachmittag auf ihre Plätze zurück.

Die Angst, Weihnachten ganz abzuschaffen, hatte alle so sehr geschockt, dass der Vertreter von Mauritius noch um einen kurzen Redebeitrag gebeten hatte.

Auf dieser kleinen Insel lebten Anhänger fünf verschiedener Glaubensrichtungen zusammen: Hindus, Buddhisten, Christen, Sunniten und Schiiten. Sie lebten ganz friedlich und hatten die meisten Feiertage der Welt, weil ja jede Religion ihre eigenen Tage hatte und die Nachbarn sie alle mitfeierten. Wäre das nicht auch für Weihnachten auf der ganzen Welt passend?

Sein Antrag: »Wir fassen alle Bräuche und Zeiten zusammen, und in jedem Land wird jeder Brauch dieser Erde gefeiert. Nach einem strengen Ritual an einem bestimmten Tag!«

Jetzt war es sehr still in dem großen Saal.

Der Weihnachtsmann schüttelte als erster den Kopf: Das sei eine wunderbare Idee, aber nicht umsetzbar und auch nicht finanzierbar. So viele Weihnachtsgehilfen könnte sich kein Weihnachtsdepot der Welt leisten.

Kein Politiker der Welt würde diesem Vorschlag zustimmen und so viele Feiertage genehmigen. Die Menschen würden auf die Straße gehen, wenn eine »Weihnachtssteuer zur Finanzierung der vielen Bräuche« eingeführt würde.

Santa Claus nickte. »Das ist ja auch nicht der eigentliche Sinn von Weihnachten, noch mehr und noch länger und ausgiebiger zu feiern.«

»Also doch abschaffen?«, fragte Väterchen Frost traurig.

»Nein!«, kam ein gemeinsames Raunen durch den Saal.

Father Christmas stellte die Frage: »Was ist denn der Sinn von Weihnachten? Was ist unsere eigentliche Aufgabe? Den Kindern Geschenke zu bringen oder darauf zu achten, dass Weihnachten friedlich und liebevoll gefeiert wird? Ist es wirklich wichtig, dass alle Menschen auf der Welt es gleich verbringen, oder ist es wichtig, es in Liebe zu verbringen, wie auch immer.«

Papá Noel meldete sich zu Wort. »Wichtig ist, dass alle Menschen es in Frieden feiern können. Ob Sie Bowle oder Glögg trinken, Truthahn oder Plumpudding essen, ist völlig unwichtig dabei! Ob sie zu zweit oder in der Familie oder mit Freunden und Nachbarn tanzen, ist egal, so lange sie glücklich sind.«

»Aber wie schaffen wir es, dass sie die Liebe an Weihnachten wiederfinden und nicht dem Kommerz nachgeben, dass ihre Wunschzettel nicht immer länger werden und sie sich nicht anmaßen, uns zu bestimmten Uhrzeiten zu bestellen?« Jultomten kratzte sich nachdenklich den Kopf.

»Vielleicht, indem wir ihnen Zeit schenken? Zeit mit einem geliebten Menschen, das ist doch das Wertvollste, was man bekommen kann.«
Die Weihnachtsmänner nickten Sinterklaas zustimmend zu und fingen an zu klatschen.

»Miss Eurocent, notieren Sie! Der Weihnachtsgipfel ist hiermit beendet!«

Das Protokoll

Und so kam es, dass sich die Weihnachtsmänner nach diesem langen, anstrengenden Tag alle doch noch einigen konnten und das erste Weihnachtsprotokoll von allen ausnahmslos unterschrieben wurde:

§1   Weihnachten wird in jedem Land nach seinen eigenen Bräuchen und Sitten individuell gefeiert.

§2   Anfang und Ende der Weihnachtszeit und den Tag der Bescherung setzt der Weihnachtsmann des einzelnen Landes fest.

§3   Bräuche, Traditionen und Esskulturen anderer Länder und Glaubensrichtungen dürfen ohne Absprache bei Gefallen jederzeit unentgeltlich übernommen und kopiert werden. Jeder darf essen und trinken, was er möchte. Weihnachtskekse unterliegen keiner Norm und dürfen in jeder beliebigen Größe und mit unterschiedlichen Gewürzen hergestellt werden.

§4 Die erste, hiermit gegründete, offizielle Weihnachtsmannvereinigung verpflichtet sich im Rahmen ihrer Möglichkeiten, den anderen Ländern auszuhelfen, wenn Hilfe benötigt wird.

§5 Es wird ein Gutschein-Vordruck zum »Zeit verschenken« veröffentlicht: Zeit für Gemeinsamkeiten, Toleranz und Weltoffenheit.

§6 Es wird ein einheitlicher Test zum Ermitteln des persönlichen Herzenswunsches veröffentlicht.

§7 Alle teilnehmenden Länder verpflichten sich, das Weihnachtsfest in Liebe und Toleranz zu verbringen. Ihr vorrangiges Ziel ist es, das gesamte Jahr über in Frieden auf der ganzen Welt miteinander zu leben.

§8 Eine erneute Zusammenkunft ist bis auf Weiteres nicht geplant und wird erst einberufen, wenn sich herausstellen sollte, dass sich diese Einigung nicht bewährt hat. Das wäre dann möglicherweise der Weihnachtsmannabschaffungsgipfel.

Ein kleiner Auszug
aus der langen Gästeliste:

Weihnachtsmann	Deutschland
Father Christmas	England
Père Noël	Frankreich
Papá Nöl	Portugal
Santa Claus	USA
Joulupukki	Finnland
Santakukoru	Japan
Ded Moros (Väterchen Frost)	Russland
Sinterklaas	Niederlande
Samichlaus	Schweiz
Kleeschen	Luxemburg
Babbo Natale	Italien
Mikołaj	Polen
Jultomten	Schweden
Belfana	Italien
Viejo Pascuero	Chile
Santa Haraboji	Südkorea
Näärivana	Estland

Ein kleiner Auszug
aus der internationalen Menükarte:

Julöl (Bier)	Schweden
Glögg (Glühwein)	Skandinavien
Glühwein	Deutschland
Feuerzangenbowle	Deutschland
Ponche de Navidad (Punsch)	Mexiko
Christstollen	Deutschland
Mutzenmandeln	Deutschland
Lebkuchen	Deutschland, Skandinavien
Roscón de Reyes (Ringkuchen)	Spanien
Turrón (Nougat)	Spanien
Mince Pies (Gebäck)	England
Elchsteak	Kanada
Mohnklöße	Polen
Truthahn	USA
Schweinskopfsülze	Schweden
Gänsekeule	Deutschland
Ente	Deutschland
Pinnekjøtt (Lammfleisch)	Norwegen
Lutefisk (Fisch)	Norwegen
Bratapfel	Deutschland
Plumpudding	England
Christmasbread	USA
Rømmegrøt (Sauerrahmbrei)	Finnland

Gutschein für gemeinsame Zeit

»Das Kostbarste, was ich dir schenken kann.«

Für:_____

Dein Herzenswunsch: _____

_____

Wer soll ihn dir erfüllen? _____

Könntest du ihn dir auch alleine erfüllen? _____

Mit wem würdest du ihn noch gerne teilen?

_____

Warum ist er so wichtig für dich? _____

_____

_____

Wenn ja, warum hast du ihn bisher nicht erfüllt bekommen?

_____

_____

Ist er teuer oder macht er dich reich? _____

Was wäre, wenn du ihn dein Leben lang nicht erfüllt bekommst?

_____

_____

Der Weihnachtsmanngipfel wurde 2017 unter der ISBN-Nr. 978-3-7460-1396-1 veröffentlicht. Als nur drei Jahre später Covid19 die Welt veränderte und viele Menschen gezwungen wurden, Weihnachten alleine zu feiern, entstand die Fortsetzung:

Der Weihnachtsgipfel 2.0

Der Weihnachtsgipfel 2.0

Silke Förster

Das haben wir schon immer so gemacht!

Es war viele Jahre her, dass der legendäre Weihnachtsgipfel in einer deutschen Großstadt stattgefunden hatte. Damals war man stolz gewesen, dass sich alle Weihnachtsmänner dieser Welt an einen Tisch gesetzt und ihre Probleme geschildert hatten. Zum Schluss gab es ein Protokoll, mit dem alle einverstanden waren.

Man war sich sicher, dass es das letzte Treffen dieser Art gewesen war, da die in der Niederschrift verfassten Einigungen ohne jegliche Schwierigkeiten umgesetzt worden waren. Warum sollte man da je wieder etwas dran ändern?

Der Weihnachtsmann kratzte sich, wie so oft, an der Stirn. Das alles war vor diesem komischen Virus passiert, das die Welt von heute auf morgen auf den Kopf gestellt hatte.

Die Probleme, die sich aus dessen Verbreitung ergeben hatten, hatten nicht vor ihm und den anderen Weihnachtsmännern haltgemacht.

Er hatte inzwischen unzählige Anfragen erhalten, wie die Geschenke in diesem Jahr ausgetragen werden sollten.

War es erlaubt, dass Santa Claus sein geliebtes Rentiergespann nutzte, oder mussten die Tiere ebenfalls 1,50 Meter Abstand halten?

Sinterklaas hatte angefragt, wie lange er vorher in Quarantäne müsse, wenn er mit seinem Schiff angereist käme. Diese Vorlaufzeit wäre kaum einzuhalten, der 24. Dezember als gesetzter Tag nicht termingerecht wahrzunehmen.

Die Engelsbäckerei sorgte sich um die Hygienevorschriften. Wie mussten sie produzieren und verpacken, damit sichergestellt war, dass keine Aerosole in das Gebäck gelangten? So viel Schutzkleidung konnte vorher doch gar nicht mehr geliefert werden. Durften die Engelchen immer noch eng beieinander am Backofen stehen, wie sie es gewohnt waren? Waren sie verpflichtet, FFP2-Masken zu tragen, oder genügten bunte, selbst genähte Schutzmasken?

Ein großer Wurstwarenhersteller hatte durch den nicht eingehaltenen Mindestabstand in seiner Fabrik einen erneuten Lockdown ausgelöst, und alle Menschen in der unmittelbaren Umgebung waren angehalten, viele Tage in ihren Wohnungen zu verbringen.

Der Weihnachtsmann rief nach Miss Eurocent, seiner persönlichen Assistentin, die bereits beim legendären Weihnachtsgipfel beste Arbeit geleistet hatte. Wie sah sie die Lage, welche Probleme hatten sich bei ihr angesammelt?

Miss Eurocent war in der Tat mit dem Thema bereits bestens vertraut. Den ganzen Tag klingelte ihr Telefon und sie wurde von den Sekretärinnen der vielen anderen Länder ständig gefragt, ob es schon ein neues Update für die Schutzmaßnahmen gäbe.

Ihre täglichen Meetings wurden seit Längerem als Online-Treffen direkt am PC abgehalten. Niemand kam mehr in einem großen Sitzungssaal zusammen und keiner reiste von weit her persönlich an.

Eine Kamera filmte sie, und über ihren Bildschirm war es möglich, ihre Kollegen*innen auf kleinen Bild-in-Bild-Ausschnitten zu sehen.

Oft liefen Kinder durch das Bild und winkten in die Kamera, oder Partner wurden barsch angewiesen, sich doch bitte etwas Anständiges anzuziehen und nicht im Schlafanzug das heimische Büro während einer Online-Konferenz zu betreten.

Miss Eurocent hatte für sich bereits einen originellen virtuellen Hintergrund gestaltet, damit die anderen im ersten Moment glaubten, sie säße direkt im Weihnachtsmanndepot oder in der Engelsbäckerei.

Der Weihnachtsmann staunte nicht schlecht. Bisher hatte er sich in seinem langen Leben mit dieser Technik noch nicht vertraut gemacht. Jahrhundertelang hatten sie sich bei Punsch und Spritzgebäck zusammengesetzt und Terminabsprachen sowie die Lagerhaltung und Auslieferung besprochen.

»Das haben wir aber immer so gemacht!«
Und plötzlich sollte alles anders sein?

Geplant war, dass nie wieder ein Weihnachtsgipfel stattfinden sollte, da das Protokoll vorsah, dass Weihnachten überall so gefeiert wird, wie man möchte, und es sich als unsinnig herausgestellt hatte, eine einheitliche DIN für das Fest zu entwickeln.

Aber diesmal führte kein Weg daran vorbei:

Jetzt sahen sie sich gezwungen, ein neues Treffen zu organisieren.

Genau wie vor einigen Jahren wurden alle Weihnachtsmänner und -frauen eingeladen, am Weihnachtgipfel 2.0 per Online-Meeting-Software »Zimtstern« teilzunehmen.

Miss Eurocent hatte dem Weihnachtsmann einen PC mit entsprechendem virtuellen Raum eingerichtet; er brauchte nur in seinem geliebten Ohrensessel Platz zu nehmen und den Rechner einzuschalten.

Viele der legendären Männer waren bereits online. Auf kleinen, eckigen Bildchen waren sie an ihrem Lieblingsort zu sehen.

Sinterklaas auf seinem geliebten Schiff, Jultomten wegen einer sich ankündigenden Erkältung mit Schal und Mütze; und Père Noël mit einem Glas Rotwein in der Hand.

Väterchen Frost hatte mittels Greenscreen einen virtuellen Hintergrund mit Strand und Palmen gewählt. Vermutlich träumte er wie viele andere davon, einmal Weihnachten in der Karibik zu verbringen.

Papá Noel entschuldigte sich für seinen alten Schlafanzug – ihm war gar nicht klar gewesen, dass die Konferenz mit Kamera stattfinden würde.

Die Heilige Lucia erweckte den Eindruck, dass sie an einem Webinar für Online-Präsenz teilgenommen hatte. Im Gegensatz zu vielen ihrer männlichen Kollegen saß sie aufrecht und lümmelte nicht, sich permanent am Hals kratzend, vor der Kamera.

Die schmeichelnde Kameraeinstellung von leicht oben und ein dezentes Make-up hoben ihr

Aussehen ebenso positiv hervor wie ihre korrekte Haltung.

Samichlaus warf eilig seine Nagelfeile hinter sich, als er bemerkte, dass die anderen schon online waren und ihn schmunzelnd begrüßten.

Viele der Eingeladenen hatten sich pünktlich eingefunden; wer wie immer auf sich warten ließ, war Santa Claus.

Erst als alle Teilnehmer anwesend waren, öffnete sich sein Online-Fenster. Ein Trommelwirbel ertönte und hinter ihm war ein Live-Film mit seinen fliegenden Rentieren zu sehen, die alle in die Kamera winkten. Dasher, Dancer, Comet und die anderen hoben kess ihren Huf zum Gruß.

Vermutlich hatte Santa Claus wieder einmal viele Dollar für diese kurzfristig einstudierte Show ausgegeben. Zurückhaltung war eben nicht seine Stärke. Die Hand gehuldigt erhoben, nahm er vor seinem PC Platz.

Der Weihnachtsmann schaltete schnell alle Teilnehmer stumm, bevor Santa das Wort ergreifen konnte und der Gruß sich zu einer endlosen Begrüßung ausweiten würde.

Vor vielen Jahren hatten alle Oberhäupter den Gipfel genutzt, um in der deutschen Großstadt ihre Gespanne und Gefolgsleute der Öffentlichkeit in einer großen Parade zu präsentieren.

Dagegen wirkte das heutige Online-Treffen extrem nüchtern.

Father Christmas berichtete als Erster:
»Bei uns in England gibt es eine nächtliche Ausgangssperre. Es ist unmöglich für mich, in der Nacht vom 24. auf den 25. Dezember in die Wohnzimmer zu schleichen und die Geschenke in den Socken zu verstecken.«

Mikołaj aus Polen erklärte: »In meinem Land dürfen sich dieses Jahr nur zwei Haushalte treffen. Es macht kaum Sinn, dass die Frauen zwölf Gänge kochen. Mein Büro bekommt jeden Tag unzählige Anrufe von weinenden Hausfrauen, denen diese Tradition wichtig ist. Sie wären es nicht gewohnt, nur für zwei Personen zu kochen. Sie wollen das Fest ganz ausfallen lassen! Das kommt für mich nicht in Frage!«

Aus Spanien kam die Nachfrage, ob die traditionelle Lotterie in Spanien überhaupt stattfinden dürfe. Wie solle man die vielen Lose desinfizieren?

Auf einmal drehte sich der Weihnachtsmann energisch um.
Einige seiner Himmelsbäckerinnen hatten sich heimlich in sein Büro geschlichen, um einen

Blick auf seinen Bildschirm zu erhaschen. Sie waren neugierig und wollten einmal die vielen anderen Weihnachtsmänner am Bildschirm sehen.

»Raus! Kusch! Weg! Tür zu!« Der Weihnachtsmann hatte sichtlich Probleme, die Kleinen vor die Tür zu setzen.

Der australische Gesandte sah kein großes Problem in der Ausführung: »In meinem Land ist es zu dieser Zeit sehr warm. Die Menschen können wunderbar am Strand mit Abstand feiern. Allerdings gab es bereits Verbote, aus anderen Ländern einzureisen und das Fest bei uns zu feiern. Hier sehen wir große Gefahren, dass das Virus um die ganze Welt getragen wird. Wir werden feiern wie immer, aber ohne Weihnachtstouristen!«

Babbo Natale, der italienische Weihnachtsmann, war völlig am Boden zerstört.

»Wir sind ein sehr christliches Land, wo auch die Christmette auf jeden Fall zum Weihnachtsfest dazugehört! Wie sollen wir Weihnachten feiern, wenn die Gotteshäuser zum ersten Mal in der Geschichte geschlossen bleiben? Unvorstellbar! Eine völlige Katastrophe!«

Joulupukki aus Finnland klagte sein Leid: »Was ist mit den vielen alten Menschen in den Altersheimen? Sie bekommen keinen Besuch und keine Geschenke vom Weihnachtsmann! Sie werden in dieser Nacht an Einsamkeit sterben! Das ist unverantwortlich!«

»Wenn die Weihnachtsmärkte nicht stattfinden und kein Alkohol ausgeschenkt werden darf: Wo sollen wir mit den großen Vorräten an Glögg und Julbier hin?«, fragte Jultomten verärgert.

Santa Claus erhob gewichtig das Wort:
»Ich möchte jetzt keine Namen nennen, aber ihr alle könnt euch sicher denken, von wem ich spreche. Ich habe unter meinen Rentieren einige Querdenker. Sie sind nicht gewillt, Masken aufzusetzen. Ich habe ihnen schon mit Arbeitsverbot und Ausschluss aus der Rentiergemeinschaft gedroht, aber bis jetzt habe ich keine Grundlage, sie Weihnachten nicht mit den anderen einzusetzen!«

Miss Eurocent bat ordnungsgemäß per digitalem Hand-Up-Button um Gehör.
»Erinnert euch bitte daran, was wir letztes Mal beschlossen haben! Was ist der Sinn von Weihnachten? Dass es alle Menschen in Liebe feiern,

egal wie. Dass jeder einen Herzenswunsch erfüllt bekommt. Ist das denn nicht dieses Jahr ebenfalls machbar?«

Der Weihnachtsmann überlegte: »Sicherheit geht vor. Aber die meisten von euch haben mir doch bereits ihren Impfausweis vorgelegt, ein Teil eurer Rentiere ist bereits geboostert. Wie wäre es, wenn wir uns alle zusammen für vierzehn Tage in Quarantäne begeben und zu Weihnachten die Geschenke in allen Ländern durch den Kamin werfen. Dann haben wir keinerlei Kontakt zu den Haushalten und jeder bekommt ein kleines Geschenk, unabhängig davon, ob er alleine zu Hause sitzt oder sich viele Personen um den Tisch versammelt haben.
Wir haben letztes Mal beschlossen, dass jedes Land dem anderen hilft, wenn es Hilfe benötigt, und so soll es denn jetzt auch sein!
Einen einzigen kleinen Wunsch erfüllen – das sollte doch auch in diesen Zeiten möglich sein! Vorausgesetzt natürlich, dass alle Weihnachtsmänner dieses Mal bereit sind, umzudenken und neue Wege zu gehen. Im nächsten Jahr sind vielleicht auch alle alten Traditionen wieder möglich. Wer weiß? Vielleicht bekommen wir so auch Anregungen und lernen ganz neue Traditionen für uns kennen und schätzen?«

Miss Eurocent lächelte. »Ich habe bereits im Weihnachtsmanndepot die Zimmer herrichten lassen. Dort ist genug Platz für alle Weihnachtsmänner und -frauen dieser Welt, sich gemeinsam einige Tage in Quarantäne zu begeben.

Das überschüssige Julbier und der Glögg sind bereits auf dem Weg. Frankreich hat uns einige Amuse-Gueules versprochen, und für die Rentiere ist auch gesorgt. Ein großer einflussreicher Fernsehsender möchte euch live filmen und den Menschen so in der Adventszeit Mut machen. Sie wollen ein echte Weihnachtsgeschichte senden, mit echten Weihnachtsmännern. Vielleicht könnt ihr auch die Botschaft vermitteln, dass sich alle Menschen in dieser Weihnachtszeit verantwortungsvoll verhalten und niemanden in Gefahr bringen. Ihr seid Vorbilder für all die vielen Menschen.«

Santa Claus war begeistert! Das war eine gute Möglichkeit, sich per Livestream dieses Jahr in Szene zu setzen. Seine Rentiere sollten eine Spezial-Show einstudieren.

Jultomten fragte gleich nach, ob er denn Werbung für sein Julbier machen dürfe.

Die Chef-Konditormeisterin der Engelsbäckerei schlug einen Online-Backkurs vor.

Die vielen Kinder beherrschten durch das Homeschooling den PC bestens und könnten mit ihr und den anderen Engelsbäckerinnen Kekse herstellen.

Der Weihnachtsmann selber strahlte:
Auf seine persönliche Assistentin war eben Verlass und die Aussicht, sich eine mehrtägige Quarantänezeit mit den anderen Weihnachtsabgesandten bei Glögg und französischen Spezialitäten zu gönnen, kam einer kleinen Auszeit vor dem großen Fest gleich.
Genüsslich lehnte er sich in seinem Lehnstuhl zurück.
»Weihnachten fällt auch dieses Jahr nicht aus. Es ist nur anders!«, verkündete er.

Und so kam der Weihnachtsgipfel 2.0 ebenfalls zu einem guten Ende. Und wer weiß, ob sie sich je wieder treffen müssen.

Mein besonderer Dank
geht an

Maike Frie von skriving für das Lektorat.

Für die weitere Überarbeitung standen mir

Katrin Zastrow und Sigrun Lohmeyer

mit Rat und Tat zur Seite.

Silke Förster,

geboren, gespielt, und aufgewachsen in Halle/Westfalen am Teutoburger Wald.

Die Autorin veröffentlicht seit vielen Jahren erfolgreich Aphorismen in zahlreichen Büchern und wird in vielen Foren und Anthologien zitiert.
Ihre Kinderbücher faszinieren durch ihre zauberhafte Art. Die humorvoll geschriebenen Geschichten für Erwachsene möchten zum Nachdenken anregen und geben genau wie ihre zahlreichen Aphorismenbücher einen kleinen Anstoß zum Innehalten und dafür, die Welt mit anderen Augen zu sehen.
Seit vier Jahrzehnten ist sie dem Geoinformationswesen treu geblieben und ist heute ebenfalls als Dozentin im Bereich Kochen und Ernährung tätig. Hier verbindet sie bei der Aufführung unzähliger Mitspielkrimis ihre Leidenschaft für das Kochen mit dem Faible für das Schreiben.

Ausführliche Informationen finden Sie unter:

www.silke-förster.de